그리움으로 담긴 그대

그리움으로 담긴 그대

펴낸날 초판 1쇄 2023년 5월 25일

지은이 안순화
펴낸이 서용순
펴낸곳 이지출판

출판등록 1997년 9월 10일
등록번호 제300-2005-156호
주소 03131 서울시 종로구 율곡로6길 36 월드오피스텔 903호
대표전화 02-743-7661 팩스 02-743-7621
이메일 easy7661@naver.com
인쇄 ICAN
물류 (주)비앤북스

값 12,000원

ISBN 979-11-5555-201-8 03810

이지출판

_ 추천의 글

안순화 시인의 시를 읽다 보면 독자 스스로 시 속의 주인공이 되어 행복을 느끼게 된다. 시인은 행복한 일상을 소재로 시를 적었지만, 그 일상이 가족과 친구, 이웃과 주변 사람들의 행복으로 확대된다.

내가 행복하다고 해서 주위 사람들에게 함께 행복하자고 권유하면 자칫 거부감이 들 수도 있다. 하지만 안순화 시인의 시는 오히려 시인의 시를 주위에 들려주면서 행복하자고 권하고 있는 독자 자신을 만나게 만든다.

시는 억지로 쓰면 어려워질 수 있다. 그 어려움은 결국 독자로부터 공감을 얻는 데 실패하게 만든다. 일상에서 시상을 얻고, 그 시상으로 감성시를 적어내면 시 속에 읽는 맛이 담겨 있다.

안순화 시인은 지금 함께 감성시를 쓰는 시인들의 부러움을 사고 있다. 그 비결은 시 속에 다양한 시상이 담겨 있기 때문이라고 본다. 우리가 일상에서 편하게 만날 수 있는 시상! 이 시상은 시를 읽은 독자들이 시 속의 주인공이 될 수 있게 이끄는 힘이 강하다.

직장 생활을 하면서도 짬을 내어 시를 쓰고 시집까지 발간하는 안순화 시인에게 고맙다는 말과 함께 앞으로 더 멋진 감성 시인으로 성장하고 활동할 수 있도록 함께할 것을 약속드린다.

커피시인 윤 보 영

_ 시집을 내며

이 글을 쓰면서 창밖을 보니 봄바람에 반짝이는 나뭇잎들이 지난 추억의 일상들을 하나둘 펼쳐보게 한다. 바쁜 삶 속에서도 때로는 운전 중에 차를 길가에 세우고 시상을 메모하며 그리움으로 담긴 내 안의 그대를 만나기도 하고, 행복한 꿈을 꾸며 입가엔 늘 환한 미소가 따라다녔다.

내 마음을 시로 표현하며 그것이 곧 나의 인생 발자취인 것을 알았다. 시를 쓴다는 것은 나를 말하는 것이고 나의 삶과 철학, 감정 등을 세상에 녹여내는 것이다. 그런 감성시를 처음 만난 건 (주)한국강사교육진흥원에서 진행하는 '윤보영시인학교'에서였다. 윤보영 시인의 지도로 내 안의 감성을 찾아 독자들에게 다가갈 수 있어서 내 인생의 전환점이 되기도 했다.

내 안의 내가 들려주는 말들, 그 감성을 하나둘 글로 표현한다는 것은 기쁨이고 행복이며, 또한 영혼을 맑게 해 주는 에너지다. 나의 시가 독자들에게 잔잔한 감동으로 전달될 때 시는 더욱 성숙해진다고 한다. 시를 통해서 더욱 아름다운 인연을 맺게 된 것에 감사한다.

지난번에도 그랬지만, 이번에 출간하는 시집『그리움으로 담긴 그대』에서 얻는 수익금은 필요한 주변 사람들에게 보탬이 되도록 하는 것이 나의 소박한 바람이다.

어제의 경험으로 또 다른 오늘을 멋지게 설계하고 실천한다면 새로운 희망의 세상이 된다. 오늘도 마음 그릇에 참빛을 챙겨 공들이는 하루가 되길 바라며, 시집이 출간되기까지 함께 마음을 모아 주신 소중한 분들에게 깊이 감사드린다. 부족하지만 제 영혼이 담긴 시집을 통해 새로운 선한 영향력이 잔잔한 물결로 전파되어 모두 행복한 일들만 가득하길 소망한다.

2023년 그리움이 담긴 행복한 날

안 순 화

차례

2부
지금 우리가 누리는 행복은

3부
내 가슴에 꽃을 피우고

4부
책 한 권이 주는 지혜

5부
행복한 길만 걸을게요

1부

내 안으로 걷는 길

웃는 그대 | 사랑 | 닮은꼴 | 트레킹 | 5월 | 너 | 고민
낙서 | 다이아몬드 | 미소 | 인생 | 작은 동력 | 담쟁이
등산 | 감자 | 후회 | 즐거움 | 모닝커피 | 안내문
따뜻한 말 | 항아리 | 막걸리 | 추억 | 딜라이트카페

웃는 그대

그대가
웃으면서
들려주는 말!

그 말 듣고 싶어
바람에 실려 갔네

시원해도
내가 간 것이고
덥거나 추워도
내가 간 것이네

오늘따라
웃으면서 더 반갑게
맞아 주는 그대!

사랑

인생
최고의 순간은
지금입니다

몸은 나이 들어가도
가슴 뛰는 삶을 살겠습니다

나를 지키는 그대 사랑
그 사랑
지금부터 가슴 가득
꽃으로 심겠습니다

말없이 훅 들어오는 그대!
그대를 사랑합니다.

닮은꼴

창문으로
바람이 들어왔어요

마음을 열고 있으니
그대도 따라 들어오는군요

바람은 시원하고
그대는 포근하고.

트레킹

강변 숲을 걷다가
그리움에
그대 생각을 담았습니다

걷다가 걷다가
그대 생각
너무 많이 담겼는지
숲이 되었습니다

내 안으로
숲길 따라 걷는
걸음이 가볍습니다.

5월

봄날
예쁘게 가꾼
꽃을 가슴에 품었습니다

따사로운 햇살
희망과 포근한
사랑이 안깁니다

눈부신 5월은
그래서 더
감사가 넘치는 달입니다.

너

외롭고 힘들다
그런데 이상하다

네가 왜
내 안에 있니?

그래도 고맙다

위로해 주겠다고
손 내민
너!

고민

어느
길로 갈까?

가치 없는 일은
no!

그대가
함께라면
어디든지
go!

함께 가면
늘 사랑이고
모두 행복이니까.

낙서

낙서를 하려다
무엇을 적나 고민하는데

그대
예쁜 미소만
자꾸 떠오를 뿐
생각나는 게 없다

곰곰이 생각하다
돌이켜보니

오늘도
그대 생각하기
성공!

다이아몬드

보석은 예쁘다
그래서 가지고 싶다

그러나
보석보다 더 예쁜 것!

내 안에
담고만 있어도
저절로 웃음이 나오는 그대!

세상에
하나밖에 없는
그대는 나의 다이아몬드!

미소

그대!
그대는 지금처럼
웃는 모습이 제일 예쁘다

웃는 모습
그대로

내 안에
담아 두고
수시로 보고 싶다

좋아하는
내 모습도 곁에 있겠지

지금
이대로가 좋다.

인생

낙엽이
툭 떨어진다

인생도
떨어지는 낙엽과 같은 것!

소중한 인생
주인공으로 곱게 살자

365일!
내 가슴에
피는 장미꽃처럼

내 얼굴에
꽃을 피우며 살자!

작은 동력

내 안에
나를 안아 줄 때
움직여 주는 작은 동력!

내 안에는
끝없는 열정과
가능성이 담겨 있습니다

그곳에서도
좋아할 수밖에 없는 그대!

그대 웃는
얼굴이 있습니다.

담쟁이

담쟁이는
손에 손을 잡고
벽을 오르면서 자란다

어려울수록
더 큰 힘이 되는 그대 사랑도

내 안에서
담쟁이
덩굴처럼 자란다

담쟁이는 벽을 덮고
그대는 그리움을 덮고.

등산

산에 오르다가
잠시 쉬면서 생각했다
남은 삶을 어떻게 살아야 하나?

떨어진
낙엽이 답을 던진다

인생은 다
떨어지는 낙엽과 같은 것이라고

내 안을
들여다본다

그리움 속
그대 생각이
여름 잎처럼 짙푸르다
그래, 사랑하며 사는 거야.

감자

숨겨진 감자를
찾기 위해
호미로 땅속을 판다

아~
감자가 보인다

땅을 판다는 게
감자처럼 달려 나오는
그리움을 파고 있나

왜 그대가 보이지?

후회

해 보고 싶은 일은
반드시 해 보자

과거 잘못에
묶이지 말자

이제 자신에게도
미안해하지 말자

그런데
왜, 자꾸
그대를 생각하고 있지?

즐거움

배우고 느끼고
나누고 베푸는 삶을 살겠습니다

지금보다
더 많이 감사하며
그 감사하는 마음으로 지내겠습니다

나 자신을
사랑하며 살아가겠습니다

변함없이
내 편 되어 주는
그대 옆에서 살겠습니다.

모닝커피

"굿모닝!"
하고 커피 속에서 인사하는 그대

내 가슴을 열 때마다
그대를 만난다

아침마다
커피 마시면서
내 안에 담긴 그대를.

안내문

잣나무는 뿌리가 얕아
바람에 쉽게 쓰러져
위험할 수 있어요

바람이 심하게 불면
각별히 조심해야 하고
태풍이 불면 잣나무 숲 출입을
금지해야 해요

그러나 생각 속에
잣나무 숲을 만들고
사랑하는 사람과
손잡고 걷는다면 걱정이 없죠.

따뜻한 말

그대의
따뜻한 말 한마디는
내 인생을 새롭게 만듭니다

나를 보고 웃는
모습도 그렇습니다

그대의 말과
그대의 웃음

늘
내 가슴에
꽃으로 핍니다.

항아리

항아리마다
풍기는 느낌이 다르고
맛과 향도 다릅니다

하지만 항아리에
그대 생각이 담겼다면
늘 한결같겠지요

오묘한 느낌
바로 그대를 향한
묘한 발효!

막걸리

막걸리는 느림과
기다림의 미학입니다

발효의 과정!
사랑과 달리
느림으로 술이 익어가죠

하지만 우리 사랑과 달리
막걸리는 변할 수 있지요

그래서일까요?
막걸리보다
그대를 더
좋아하고 있어요.

추억

내 안을 열면
언제나 영화처럼
재생되는 행복이 있습니다

그 행복 속에
그대를 볼 수 있다니
추억 속에 꽃밭을 만들어 봅니다

그대와 함께
아름다운 인생을
가꿀 수 있어 행복합니다.

딜라이트카페*

딜라이트카페에서
바라볼 수 있는 산과 저수지

멋진 풍경과
내 안에 담긴 그대 생각이
조화를 이루는 곳!

이곳이
나의 행복이고
정겨움이 담긴 아지트

그래서일까요?
늘 오고 싶고
찾아오면 근사함이 느껴지는 이유!

* 청주 명암저수지 딜라이트카페

2부

지금 우리가 누리는 행복은

장미꽃 | 변화 | 그 길만 생각하면 | 걱정 | 희생 | 인생 커피
그대라서 | 파장 | 꿈 | 순간 | 오빠 | 가족 | 메모
잡초처럼 | 길 | 시간 | 욕심 | 운동 | 파도 | 별 | 비움
일 | 열정 | 인생 친구

장미꽃

그대 인생을
장미꽃으로 만들 수 있는 것도
그대이고

그대 인생을
장미꽃으로 만들 수 없는 것도
그대입니다

그렇게 생각했는데
알고 보니
그대 인생은 늘 최고!

내 행복을 위해
늘 장미꽃으로 피어 있었습니다.

변화

변화는 있어도

변함이 없는
그대 미소!

그래서
그대를 더 사랑합니다.

그 길만 생각하면

그대와 함께
길을 거닐 때
두근두근
그 마음을 아셨나요?

그대와 둘이서
손까지 잡고 걷던 길!

지금도
그 길만 생각하면
두근두근!

걱정

오늘 하루
잘 살면 그걸로 되었지
무슨 걱정을 그렇게 해요?

내일은
내일 다시 잘 살면 되고
그냥 그렇게 하루를
예쁘게 살아요

당신에게는 내가 있고
나에게는 당신이 있는데
우리 그렇게 살아요.

희생

그대의 희생이 있었기에
내가 행복할 수 있었고

그대의 사랑이 있었기에
포근함을 느낄 수 있었습니다

그대의 멋진 말이 있었기에
예쁜 모습만 눈에 담을 수 있었고

따뜻한 베풂이 있었기에
살아오는 동안
아름다운 열매를 맺을 수 있었습니다

그 열매
지금 우리가 누리는 행복입니다.

인생 커피

커피는
따뜻할 때
마시는 향이
최고지만

인생은
가장 중요한 지금 이 순간!
그대와 함께하는 맛이
최고지요

그대와 함께
살면서 알았습니다.

그대라서

세상 모든 것을 잃어도
그대 손을 잡는다면
나는 강해집니다

그대라서,
나는 행복합니다

이 순간이 영원하길 바라며
그대와 함께
행복한 나날을 보냅니다.

파장

오늘도 웃으며
그리움에 따뜻한 파장을 만들었어요

늘 환한
기운이 솟아나

파장 너머
내 안의 그대를 만날 수 있게.

꿈

꿈을
그리는 사람은
그것을 이루기 위해 노력합니다

우리 사랑도
이루고 싶은 꿈이었다면
지금부터
노력해야 합니다

변함이 없어야 하고
끈기와 인내로 노력해야 합니다.

순간

너무나
힘든 순간이지만

상황을 잘 받아들여
마음을 달랜다

노력해
주는

지금 내가
나에게 고맙다.

오빠

오빠에게
전화가 왔다

“이번 주에 뭐 하니?”
“왜?”
“오빠 마늘 심으려 하는데
시간 괜찮아?”
“응~
오빠!”

나이가 들어서 그런지
오빠가 좋다

함께할 수 있는
가족이 있어서 더 좋다.

가족

조건 없는 사랑으로
서로 힘이 되는 가족!

가족이라 하소연도 하지만
가까워서 오히려 상처 주는
말이 오갈 때도 있습니다

이럴 때는
좋은 감정으로
마음이 통해야
대화를 시작할 수 있습니다

그래서 감정을
다스리는 노력을 하고 있습니다

우리는 가족이니까!

메모

냉담한 현실에서
나를 메모합니다

떳떳한 자신에게
자부심을 갖자고 적고 있습니다

안 되는 것을
될 수 있도록 계획하고
즐겁게 도전하자고 기록합니다

돌아보니
그 속에서 삶의 변화가
메모한 것처럼 되어 가고 있었습니다

가끔은
메모 속에서 나를 만납니다
행복한 나를 만납니다.

잡초처럼

당신을 믿고
잡초처럼 살아왔습니다

살다 보니
잡초에도 꽃이 피었습니다

사는 것이 힘들어
포기하고 싶을 때도 있었지만

그대 미소가
내 가슴에

꽃을 피웠기에
행복으로 살아가고 있습니다.

길

무엇을 하든
무엇을 성취하고 싶든
요행은 없습니다

시간을 들이고
요령을 배우고
노력해야만 합니다

지금까지 내가 걸어온 길도
다른 모든 이가 걸어온 길과
별반 다르지 않습니다

차이가 있다면
내 길에는 늘
그대가 있다는 사실입니다

함께해서
행복했다는 사실입니다.

시간

시간이 흘러야 비로소
알게 되는 것이 있습니다

그동안 내가 챙겨 놓았던
생각과 마음들이
의식하지 못하는 사이에

무의식으로
되어 갔다는 사실!

그나마 다행인 건
순간마다 일어나는 일들 속에
그대가 있었다는 것입니다.

욕심

욕심을 내려놓지 못해
몸과 마음을 괴롭히고
아파하며 살았습니다

소유가 공유로 변하는 세상 속에
아직도 소유에 목숨 걸고 살아간다면
생각을 바꾸어야 하는데
그걸 몰랐습니다

마음을 비우니 편안하고
행복하고, 비움으로
새로운 세상이 맞아 줍니다

행복을
느낍니다.

운동

파란
들판을 바라보며

한 걸음 한 걸음
평온한 마음으로 걸어갑니다

걷고 또 걷다 보면
내 안에 그대 생각이 쌓입니다

몸도 마음도
건강해진 느낌

이 또한
그대가 있어 가능합니다.

파도

바다를 봅니다

내 안의 그대와
함께라서 행복하고
모든 게 아름답습니다

파도가 머물다 간
모래 위에
당신 이름을 적었습니다

"사랑해요!"

내 안에
이 말이 울립니다.

별

나를 드러내지 않고
나를 자랑하지 않고

상대를 드러내고
상대를 자랑하는
그대는 나에게 별

나도
그대 가슴에

웃으며
뜨고 싶은 별!

비움

세상엔
영원한 것은 없다

내가 지닌 것도
영원할 수 없다

이제
욕심부리지 말고
비우면서 살아야겠다

그리움과 그대 생각
제외하고
다 비워도 좋다.

일

내 일에서
행복을 찾자!

그렇지 않으면
진정한 행복이 무엇인지
모를 수 있다

행복 속에서
여유가 있으면

커피
한 잔 마시면서

보고 싶은 사람
생각도 꺼내면서!

열정

일을 한다
열정이 있는 사람으로

나의 감정을
뛰어넘어 의미 있는 삶으로

주저하지 않고
될 수 있다는

집중과 노력을 실천으로
원칙과 기본의 습관으로

그대가 있어
가능했다

그대는
언제나 내 편!

인생 친구

학창시절에는
함께 모이면 좋았고

중년이 되어서는
옆에 있다는 사실만으로도 좋고

인생 후반, 이제는
우리 날로 만들자고
토닥토닥!
만날 때마다
함께 웃고 있습니다

교감 선생 병숙, 어린이집 원장 경순,
기업 대표 성숙, 공무원 향자!

남은 인생
건강하고 곱고 예쁘게 살자!
사랑하는 나의 친구들!

3부

내 가슴에 꽃을 피우고

우산 | 흔적 | 안식처 | 중단 없는 꿈 | 억새 | 행복
인생꽃 | 꽃처럼 | 감사 | 핑계 | 그리움 | 한 사람 | 시련
꿈에 | 사랑 하나 | 새벽 | 꽃길 | 봄날 | 다짐 | 인연
성화옻닭 | 그대로 | 생각 | 살길

우산

사랑하는 사람과
함께 쓰고 가는 우산

우산 속에
웃는 그대 모습
내 마음속에
아름다운 꽃으로 핍니다

그 꽃을
더 아름답게 보기 위해
비를 기다립니다.

흔적

한 번뿐인 인생
후회 없이 살고 싶다

날마다 내 인생을
최고의 날로 만들고 싶다

지나온
흔적을 돌아보면서
부지런하게 오늘을 채운다

변함없는
너를 향한 내 마음은
채워도 채워도 부족하니

어쩌면
좋지?

안식처

마음이
외로울 때 부르면
늘 달려와 준 그대

그러다
마음이 편해져서
안식처가 된 그대

그래서
더 좋아하게 된
지금 당신!

중단 없는 꿈

꿈을 이루려면
먼저 꿈을 꾸어야 한다

열정만으로는
성공하기 어렵다

가끔 웃고
가끔 쉬면서
그 꿈을 이룰 때까지

중단 없이
나아가야 한다

나의 희망 그대여!
응원해 주실 거죠?

억새

강변에 하얀
억새가
활짝 피었다

그대가 보고 싶게
바람에 흔들린다

혹시 당신
억새로 서 있는 거 아니죠?

행복

내 마음속에
그대가 있다는 것

언제나
내게 자유가 있다는 것

오늘은
내 생애 가장 젊은 날이라는 것

하지만 이보다
날 행복하게 하는 것은

내 곁에
그대가 있다는 것.

인생꽃

절반쯤
와서 보니
새롭게 펼쳐지는 인생 2막

지금은
끝이 아니고 시작할 때의 전환점

선택은
함께하면서 즐기는 것
일을 사랑하는 것

그 일이
그대를 좋아하는 것
내 가슴에 꽃이 피는 것.

꽃처럼

그대가 늘 옆에 있다는 것
그것은 최고의 행복이지요

사랑하는 사람으로 있다는 것
내 생애 최고의 선물이지요

그러니
끝까지, 그리고 늘
그대와 함께해야겠지요

이게
내가 사는 이유지요

내 가슴에 꽃을 피우고
꽃처럼 살 수 있는 비결이지요.

감사

어제는
사랑하는 사람과
함께 보낸 것에 감사

오늘은
최선을 다한 삶에 감사

내일도
즐겁게 살아갈
나에게 감사하고 싶다

일상에 꽃을 심는다
감사가 달리는 꽃!

핑계

내 마음대로
생각하고 판단하고
미워했습니다

입장을 바꿔 보면
아무것도 아니었는데

바꾸어 생각하고
결정까지 하고 나니

보이는 풍경이
너무 아름답습니다

세상 다
얻은 기분!

그리움

새벽마다 내 안에서
사랑스러운 엄마 목소리를 듣는다

들어도 들어도
나의 영원한 사랑

그 사랑
내가 살아가는
유일한 이유!

오늘따라
엄마가
더 보고 싶다.

한 사람

눈 뜨면
제일 먼저 보는 사람

힘들고 지쳐 있을 때
제일 먼저 생각나는 사람

세상 모두를 준다 해도
바꿀 수 없는
바로 그대!
오직 한 사람!

시련

시련이 닥치면
마음을 더 강하게
다져 먹는다

어떤 시련도
이겨 낼 수 있다는 각오로
자신감을 갖는다

내 안의 나와 함께
서로를 위로하다 보면
끝내 승리하고 말 테니까.

꿈에

꿈에서 고운 미소로
내 품에 안기는 당신을 보았어요

꿈이라기엔
당신 체온이 너무 따뜻했어요

보고 또 보아도
보고 싶은 내 사랑!

자나깨나 당신이
내 옆에 있으니
지금 이 순간 행복할 수밖에요.

사랑 하나

당신은
나의 전부입니다

지금 당장
세상 종말이 온다 해도

당신 사랑 하나면
죽어도 여한 없습니다.

새벽

당신 그리움에
잠 못 이룹니다

나보다 소중한
당신 생각에
시간을 잊은 지 오래입니다

오늘도
오직 하나
내 사랑의 믿음으로
또 그렇게 새벽을 품습니다.

꽃길

그대와 함께
있는 곳은 꽃길입니다

사랑이 피고
기쁨이 오고
행복이 열릴 테니까요.

봄날

향긋한 봄바람이
부는 거리를 걸으며
내가 가진 모든 것에 감사합니다

따스한 햇살이
얼굴을 비추면
내 안에 있는 모든 것이 눈부시게 빛납니다

이렇게 행복한 순간들을 만들어 주는
이들에게 고마운 마음 전합니다

이 봄날의 아름다움은
영원히 기억될 것입니다.

다짐

오직 그대만
바라보고 생각하겠습니다

그대의 모든 것을
진실로 믿고 따르겠습니다

내 모든 것을 다해
소중하게 사랑하겠습니다.

인연

기차를 탔다
누군가 옆자리에 탔다

중간에 보이지 않는 선을 그었다
스칠까 봐 조심스럽다

인연은
거기까지였다

이게 우리가
사는 세상이다

당신이 아니라서
그럴 수밖에 없었다.

성화옻닭*

혹시 오늘 점심
옻닭 어떠실까요?

모임 톡방에 뜬
희소식!

아~ 그런데
청주가 아닌 지방 출장 중

성화옻닭으로 맺어진 인연
좋은 사람들과 함께해 온 시간!

오늘따라 그대들이
더 생각난다

참 많이
그립다.

* 청주시 성화동에 있는 옻닭집

그대로

있는 그대로 말할게요
보여 드릴게요

내 전부를 드릴게요
더하지도 빼지도 않고
감추지도 않을게요

그대 사랑 하나면 되니까
죽는 날까지 그렇게 살게요.

생각

오늘은
어떤 생각으로 시작할까?

나를 비우려는 생각
나를 채우려는 생각

채워야 할 것과
비워야 할 것이
가지런히 정리되는 날

하루를 살다 보면
생각대로 살아지지 않지만
결국은 생각대로 되어 간다는
감사한 진리!

고마운 사람보다
필요한 사람이 되어
나도 당신에게 설렘으로 다가설게요.

살길

변화는 단번에
일어나지 않는다
지금까지 그랬듯

나만이
할 수 있는 일을 찾아
적응해 내는 사람만이
살아남는다

늘 그 자리
그대 사랑과 달리
지금 자리를
박차고 일어나야 한다.

4부

책 한 권이 주는 지혜

준비된 길 | 책 한 권 | 인내 | 비바람 | 동송근 | 설렘
돌탑 | 가로수 | 보름달 | 천리향 | 마술 | 토끼 | 몽당연필
연꽃 | 잔소리 | 죽어서도 | 지구 | 별 아래 사랑 | 그림자
생각 | 만남 | 미래 | 바위 | 상상력

준비된 길

끝이라고
생각할 때가
시작할 때다

지금 이 길이
열정과 희망을 품고

인생 2막을
즐기며 가야 할
준비된 길이다.

책 한 권

책 한 권이
나에게 주는 지혜가

저절로
생길 리는 없다

그 안에
삶의 여정이 있고
변화의 노력이 있어야 한다

그래야
책이 내가 되고
내가 책이 된다.

인내

아파하지 마
아픈 만큼 성숙했잖아

인생은 오르막길과
내리막길이 있고

음지와
양지도 있어

그래도 아프면
눈감아 봐

가슴에 꽃으로 피어 있는
나를 봐
그리고 나처럼 웃어 봐!

비바람

창문 너머
비바람 소리는
그대 보고 싶은
마음뿐!

바람은
아닌 척 나뭇잎을 흔들지만

그 나뭇잎
그대 보고 싶어
가슴에 돋아난
그리움뿐!

오늘따라
바람이
참 보고 싶게 분다.

동송근

동쪽으로
뻗은 소나무

기운이 솟구치는 뿌리처럼
그대와 함께라면
무엇이든 헤쳐 나갈 수 있다

바위에도
뿌리 내리고
사랑하며 살 수 있다.

설렘

사랑이 그렇습니다
가슴을 설레게 합니다

그대가 그렇습니다
내 가슴을 뛰게 합니다

설렘은 늘 기다림이고
기다림은 만남을 예고한 행복입니다.

돌탑

엄마와
함께 있는
시간은 너무 짧아요

바라만
보고 있어도
훌쩍 가버려요

만남은 가슴에
더 진한 그리움을 키웁니다

엄마가
그리울 때마다
내 맘속에
하나하나 돌탑이 쌓여 갑니다.

가로수

가로수를 따라
드라이브를 합니다

가로수는
맑은 공기와
시원한 그늘을 줍니다

그대도
가로수처럼
나에게 그런 사람입니다

당신 생각
속을 달릴 때는
그런 기분입니다.

보름달

내 눈엔
그대만 보여요

그대 미소가
오늘은 보름달입니다

내 가슴엔 그대만 있어요
그대 착한 마음이
오늘은 별빛처럼 빛나요

그러니 내가
그대를 안 좋아할 수 있나요?

난 그대 사랑의
포로가 되었어요

그대밖에
생각나는 게 없어요.

천리향

그대는
천리향을 품었습니다

나를 매료시킬
은은한 향!

천리향이
당신이라 믿고 싶습니다

내 가슴에 담길
천리향을 사랑합니다.

마술

내 사랑은
마술입니다

멀리 있어도
곁에 있는 듯

느껴지는
사랑의 마술!

눈을
뗄 수가 없습니다

마술이라 해도 좋습니다
마냥 행복합니다.

토끼

토끼처럼
빠르게

토끼처럼
지혜롭게

토끼처럼
귀여운 모습으로

평생 당신을 사랑하겠다며
당신 생각 속으로 뛰어듭니다.

몽당연필

내 필통 속
몽당연필!
나를 반긴다

닳고 닳아
동강이 되어도

나를 지키고 있는
당신처럼.

연꽃

그대
환한 웃음은 연꽃

보면 볼수록
진하게 품어내는 향기

지금, 가슴에
연꽃 핀 연못을 담아 두고
그대를 그리워합니다.

잔소리

사랑해요
정성을 모아 사랑해요

머리부터 발끝까지
가끔은 잔소리도 행복으로 느껴져요

자나깨나
당신만 보여요

남은 생
부러울 게 없을 것 같아요.

죽어서도

내게 가장 소중한
인연을 꼽는다면
당신입니다

내게 가장
귀한 보물을 꼽는다면
이 또한 당신입니다

내 목숨으로
당신을 살릴 수 있다면
죽어서도 사랑해야겠지요.

지구

태어나서
가장 큰 행복은
그대 사랑을 얻은 것입니다

세상을
다 준다 해도
소용이 없어요

천 리 밖에서도
그대만 보이는걸요

그대 향한 사랑을
저울로 잰다면
지구보다도 훨씬 무거울 거예요.

별 아래 사랑

하늘에서
별을 따다 바쳐도
모자랄 사랑이 있습니다

내 일생을
몽땅 바쳐도
아깝지 않은 사랑이 있습니다

세상을
다 준다 해도
바꿀 수 없는 그대!

그대가 나에게
그런 사랑입니다

그림자

나와 동행하는
너!

내가 있어
네가 있고

네가 있어
내가 있다

그래, 우리
연애할래!

생각

그대가 자꾸
생각나는 이유는 뭘까?

혹시
그대도
내 생각?

달을 보았다
밝게 빛나는 걸 보면

그대도
내 생각
하는 게 맞다!

만남

그대와 만남은
행복의 열쇠

그대와 만남은
믿음의 등대

그대와 만남은
동행의 약속

그래서 그대가
지금 내 곁에 있다
사랑하는 마음으로 있다.

미래

불안한
미래 때문에
지금을
놓치지 말자

오늘만
살아가자

나처럼
보고 싶은 사람!

그 사람
생각도 한 번씩
꺼내 보면서
신명나게 살자.

바위

바위는
언제나 파도에 맞서며
불어오는 바람과 충돌하며
자신의 자리를 지켜냅니다

그 바위가
나를 닮았다는 생각이 듭니다

그래서,
나는 그 바위처럼
힘겹게 일어나면서도
어떠한 어려움에도 굴하지 않고
나의 삶을 살아갈 겁니다

사랑하는
그대 곁에서!

상상력

상상력은
내 삶을 멋지게
창조하는 것!

하지만 내 사랑에는
오직 그대만 존재하는 것

그래서
당신 웃는 모습
상상하며 따라 웃습니다

5부

행복한 길만 걸을게요

참 좋은 당신 | 골목길 | 엄마 | 아들 | 어머님 품
어떤 사람 | 내 사랑 | 축복 | 참 자유 | 공식 | 정원
누룽지 | 청소기 | 횡단보도 | 가로등 | 창문 | 반성문
지평선 | 상자 | 그림 | 최고의 선물 | 인생길 | 화단
중독 | 김장김치 | 12월 마지막 날 | 이안스퀘어

참 좋은 당신

당신이 좋다
참 좋다

내 가진 것
모두를 주어도
아깝지 않은 당신!

당신이 옆에 있어
내 인생이 아름답다

얼굴이며 마음이
온통 꽃밭!

골목길

골목길을 혼자 걸었다
외로웠다

누군가와 함께
걷고 싶었다

어!
그런데 왜
당신이 내 안에서 나오지?

내 손
잡고 걷는 당신

내가
사랑하는 당신!

엄마

어릴 적 엄마 모습이
생각납니다

새벽에
공부하는 엄마!

그 모습이
내 안으로 들어왔습니다

새벽에 공부하는 나에게
힘내라고 합니다

나와 엄마가
함께 웃고 있습니다

내가 아름답게 사는 모습도
엄마,
당신 덕분입니다

아들

고맙다,
아들!

주말이면 할머니가
드시고 싶은 것을
해 주는 아들

생선가시를 발라
살만 잘 드시게
꼼꼼히 챙겨 주는 아들

네가 있어 든든하다
고맙고 사랑한다

내 아들
박광수!

어머님 품

"세상 별것 없다.
그냥그냥 살아라."

아침 식사하시면서
들려주신 어머님 말씀

마음이 아픕니다
눈물이 쏟아집니다

어머님과 함께할 시간이
점점 줄어들고 있습니다

지금 이 귀한 시간
이제 다시 오지 않겠지요

사랑해요!
어머님의 따뜻한 품은
저에게 영원한 사랑입니다.

어떤 사람

웃는 사람
찡그리는 사람

말이 많은 사람
들어주는 사람

그대는
이런 사람!

내 생각 하면서
무엇을 연상할까?

궁금한 사람
그대!

내 사랑

부르고
불러도

품고
품어도

늘 부족한
내 사랑!

소중한 당신입니다
오직 당신입니다.

축복

한 사람 한 사람
소중한 인연!

그들을 위해
축복을 보냅니다

누군가에게
축복을 보낼 때는
기쁨이 넘칩니다

그 행복으로
내게 펼쳐지는 새로운 하루는
좋은 것과 불편한 것
둘 다 나를
더욱 성장시키는 삶!

참 자유

나로부터
시작되는 자유는
남을 이롭게 할 때 생겨납니다
선한 영향력이
함께 발휘됩니다

권력과 명예는
이권으로 만들 수 있지만
존경과 신뢰는, 이타적으로
만들 수 있는 에너지가 됩니다

새롭게 시작하는
오늘, 참 자유를
허락하는 우리!

공식

나를 사랑하는 것은
남을 사랑할 줄 안다는 것이고

남을 사랑할 줄 안다는 것은
나를 사랑할 수 있는 방법을
먼저 알았기 때문입니다

삶의 공식으로 다시 보니
오늘은 그대를 위한 좋은 날!

정원

퇴근 후
집으로 왔다

정원에 피어 있는
이쁜 꽃들이 맞아 준다

남편에게
"어쩜 이렇게
예쁜 정원으로 가꿨어요?"

"하루를 위해
열심히 달린 당신!
당신 닮은 꽃을
내 가슴에 옮기려고."

누룽지

프라이팬에
기름 두르고
맛나게 누룽지를
만드는 남편

배고플 때
먹으라고 건네는
그대의 따뜻한 마음

누룽지처럼
고소한 당신 사랑,
늘 간직하고 다니는 것
알죠?

청소기

청소기
손잡이가 고장났다

수리비가 아까워
그대로 쓰고 있다

고장 난 청소기를
힘들게 쓰고 있는 나를 보고

"내가 고쳐 올게!"
퇴근길에
수리해 온 남편!

힘든 내 마음도
당신의 사랑으로
청소기처럼 수리가 되었다.

횡단보도

내겐 작지만
소중한 꿈이 있습니다

딸랑딸랑
횡단보도 알람음

당신 향한
영원한 나의 약속!

행복한 길만
걸을게요.

가로등

시골집 오솔길 모퉁이에
작은 가로등이 있습니다

유별스럽게 환하지 않은,
사시사철 변함없이 비춰 주는
수은등!

당신을 닮았습니다
그런 당신을
사랑합니다.

창문

창문 너머
보이는 아름다운 들판

나만의 아지트
2층 공부방에서
행복을 느낍니다

파란 하늘처럼
내 마음을 아름답게 만드는
그대 향기처럼!

반성문

어머님께 야단맞고
반성문 써서 읽던
사진 속 추억

어머님과 함께 걸어온
37년!

지나고 보니
그 세월은, 나에게
최고 행복이었습니다.

지평선

손에 잡힐 듯
길게 누운 지평선이
내게 손을 내밉니다

손에 넣을 욕심에
신발이 닳도록
쫓아가지만 더 멀어집니다

거기까지인 것을
깨닫지 못했습니다

잡으려 하면
더 멀어지는 것도
알지 못했습니다

내 안에도
지평선이 있습니다
다가가면 만날 수 있는
당신이 있습니다.

상자

네모난
상자 속에
무엇이 들었을까?

상자를
열었습니다

장미꽃이
해맑게 웃고 있습니다

백송이 장미로
당신 앞에서
천만 번의 사랑을 얻었습니다.

그림

그렸다 지우고
그렸다가 지우고

그리운 그대 얼굴
그리고 또 그립니다

마음을 다해
정성을 쏟지만

그대 예쁜 마음
온전하게 담을 수 없습니다

미완성 얼굴 위로
새벽이 밝아옵니다.

최고의 선물

탄생은
귀천의 기약이고

만남은
이별의 약속입니다

그러니
당신과 함께 있는

지금이
최고의 선물일 수밖에요.

인생길

반듯하게 살자
꼿꼿하게 살자

가던 길 휘어지면
잠시 멈춰 바로잡으면 되는 거지

우리 인생
본래 답이 없는 길인데!

화단

화단에 예쁜
꽃들을 심었습니다

그런데 예쁜 꽃들을
심는다는 것이
당신을 내 가슴에 심었습니다

그대를 위해
일 년 내내 꽃을 피우는
예쁜 화단이 되어야겠습니다

봄이 되면 그대 닮은
목련꽃을 먼저 피우고

겨울이 되면
날 닮은 동백꽃도 피우렵니다

활짝 핀 꽃
그대를 보면서 살겠습니다.

중독

어김없이
새벽에 일어납니다

몸을 움직이면서
스트레칭을 합니다

책상에 앉아
일과 공부를 합니다

세상을 다 가진
이 느낌은 뭘까요?

바로 내 안에
삶의 열정이 있다는 것!

김장김치

사랑을 실천하는
김장 봉사에 참여했다

김장김치를 받기 위해
줄을 선 어른들 사이에
걷기가 불편한 분도 계신다

나도 언젠가
저런 날이 올 수 있을 텐데
지금 이 순간이
얼마나 소중한가!

나눔을 통해
소중한 사랑을 얻었다

내 안에 용기를 준
네가 있어 가능했다.

12월 마지막 날

그리움을 담고
좋은 추억까지 담아가며
보내고 있습니다

올 한 해도
고생했다
수고했다

사랑을
담아 보냅니다

일 년 뒤에
웃으며 만나자고

내가 나에게
약속을 합니다.

이안스퀘어*

멋진 분위기에 취하고
빵과 커피 향에 취해
시간 가는 줄 모르는 곳!

최고의 맛,
그 맛만 보려다
맛이 좋아 그릇을 비우게 되는 스테이크!

우아한 분위기에
여유로움이 저절로 살아난다

작은웨딩, 돌파티!
이벤트 행사 공간, 베이커리 카페,
레스토랑이 어우러진 외식복합문화공간
그리고 예쁜 중정 테라스!

그런데 왜 이 멋진 테라스에서
내 안의 그대가 먼저 생각날까?

* 청주 율량동에 있는 이안스퀘어